Mein Kampf mit dem System

AF285283

2

Mein Kampf mit dem System.

4

Bibliografische Information der Deutschen Nationalbibliothek: Die Deutsche Nationalbibliothek verzeichnet diese Publikation in der Deutschen Nationalbibliografie; detaillierte bibliografische Daten sind im Internet über dnb.dnb.de abrufbar.

Herstellung und Verlag: BoD – Books on Demand, Norderstedt

ISBN 9783753404295

Nur eine Phase

Wir dachten nur an einer Phase, dass meine Tochter aufgrund dessen stark verhaltensauffällig war. Ich hätte niemals glauben lassen, was wirklich auf uns zu kam.

Meine Tochter war schon mit 4 Jahren stark geprägt, durch die Trennung und das hin und her reichen bei sämtlichen Leuten. Es Entwickelte sich eine PTBS und eine desozialisierte Störung. Sie hatte zu mir fast sieben Monate keinen Kontakt, dass machte ihr sehr zu schaffen, auch Entwickelte sie dadurch Verlustängste. Als Sie 4 Jahre alt war kam sie fest zu mir, mein Ex Mann hatte mir beiden Mädchen überlassen, da alle mit der Gesamtsituation überfordert waren. Wo ich auch niemals böse darum war.

Ich bekam schnell einen Kindergartenplatz und ging meine Tätigkeit als Sicherheitskraft weiter nach. Denn ich hatte endlich einen passenden Job gefunden, der mir auch Spaß gebracht hatte, statt 24 Stunden nur Hausfrau und Mutter zu sein.

Es kam zu einigen Problemen, wo sich auch das Zuständige Jugendamt sich einschaltete. Es kamen plötzliche Anschuldigungen   ans Licht, welche wir Beweisen konnten, durch Untersuchungen im Örtlichen Krankenhaus, dass diese niemals passiert waren. Aber irgendwie musste man ja einer alleinerziehenden Mutter ärger aufdrücken, und einreden das man ja Maßlos überfordert wäre, egal in welcher Hinsicht.

Gründe hatten die sich auch viele Ausgedacht, wo man sich wie in einer Märchenstunde vorkam.

Aber wir bekamen eine Familienhilfe an der Seite, die doch uns betreuen sollte, eher war es eine völlige Kontrolle über mein Leben. Über meine Fähigkeiten als Mutter wurde ich nicht gelobt, sondern kritisiert, ich soll mir alles Negative eingestehen, um mehr Kontrolle durch den Staat zu erhalten.

Aber was ist denn mit Familien, die eine solche Hilfe nötiger hatten? Aber das wollte keiner annehmen, es wäre ja da noch mehr Bürokratie als bei normalen Familien, wo ja alles in Ordnung ist.

Sie merkte sehr schnell, dass meine Tochter in einer schweren Emotionalen Phase stecken würde, diese aber Irgendwann wieder verschwinden kann, wenn sie in die Schule käme. Aber das Jugendamt lügt es kommt alles von mir, einer fehlenden emotionale Bindung, welches niemals gegeben ist. Auch würde ich meinen Kindern keine sozialen Kontakte bieten und sie an meinem Bein kleben lassen, um die volle Kontrolle auszunutzen. Ja danke auch.

Egal was ich mit meinen Kindern gemacht habe
zeigte sich als Falsch und Unzuverlässig.

Wie alles begann

Als diese Hilfe dann bei uns Installiert wurde, kam sie zweimal die Woche zu uns. Sie Organisierte einiges zusammen, nur Ihre eigentlichen Aufgaben hat Sie vergessen.

Es war mehr ein Kaffee trinken und das Klönen bei Frauen, die Ihr zu einsam vorkamen. Auch hatte ich eine Phobie gegen fremde Menschen, wo ich auch in Mütter Cafés sollte, um Anschluss zu finden. Aber ich lehnte es ab, wenn ich jemanden Kennenlernen möchte, dann mache ich es von mir selbst aus.

Da ich auch damals an vielen Psychischen Krankheiten litt, und auch zu ehrlich mitgearbeitet habe, wurde mir einiges zum Verhängnis.

Das Jugendamt wechselte die Sachbearbeiter wie Unterhosen, so konnte man niemals einen richtigen Ansprechpartner haben. Und es war immer dieser Typ, der die Vertretungen übernommen hat, es war wie ein Fluch, den man nie losgeworden ist. Ein Mensch der seine Seele an den Teufel verkauft hatte.

Er fragte mich nach meinen Erkrankungen, ich habe immer gedacht warum ein Geheimnis daraus machen, wenn jeder die Ehrlichkeit an einem schätzt.

Ich habe auch offengelegt, dass ich 2015 eine Borderline Diagnose bekommen habe, welches aber nicht so ausgeprägt ist, wie bei manch anderen. Und ich trotzdem ein normales Leben führen kann.

Aber er hatte was vor, was genau konnte zu diesem Zeitpunkt keiner ahnen, sondern Spekulieren.

Meine SPFH hat immer mehr Fehler gemacht und auch einiges verschissen. So dackelte sie mir an sämtlichen Terminen hinterher aus Angst sie kann was verpassen. Habe ich mal einen Termin nicht erwähnt, habe ich einen Anschiss bekommen, Sie müsste ja schließlich dabei sein.

Meine Tochter wurde immer auffälliger im Kindergarten, sie schlug, Biss und versteckte sich überall. Meine Familienhelferin war mit der Situation überfordert und sagte das Kind braucht dringendst eine Ergotherapie, ich soll mich ja um eine Verordnung kümmern, und sie kontaktiert eine Therapeutin. Raus geworden ist niemals was.

Ich hatte die Verordnung, Sie aber keine Ergotherapeutin. Da kommt man sich leicht verarscht vor.

Wir wurden sogar von Ihren Kolleginnen kontrolliert, ob der Haushalt sauber ist, und sind dann wieder gegangen.

Ich habe meinen Sachbearbeiter der nach einem Jahr immer noch als Vertretung da war, Kontaktiert und um einen schnellen Termin gebeten. Ich wollte die Alte loswerden, um jeden Preis.

Ich berichtete alles was falsch lief, warum soll ich daraus ein Geheimnis machen, wenn es doch die Wahrheit ist. So kann man doch auch nicht auf einen grünen Zweig kommen. Und wie soll man dann ein Helfen, wenn man keine Hilfe bekommt.

Wir vereinbarten einen Termin, um alles weitere zu besprechen, dass ganze dauerte lächerliche 30 Minuten. Wochen vergingen als wir die neuen Zuständigen zugeteilt bekommen haben. Ich dachte an mehr Positives statt Negatives, aber warum soll man auch Glück haben im Leben?

So saßen wir an einem Sommertag alle zusammen, und ich disste meine ehemalige SPFH bis auf dem Boden, ich sagte Ihr auch Ihre Fehler mitten ins Gesicht, schließlich bin ich ja nicht auf dem Mund gefallen, wie alle immer denken.

Die neuen

So kamen die dann, die neuen Familienhelfer. Wir hatten einen Kennlerntag, wo Sie einfach mal meine Erziehung und den Umgang mit meinen Kindern beobachten wollten, um auch einzuschätzen was denen hier erwartet.

Die ersten Wochen verliefen Positiv, wir dachten an schnelle Beendigung und dann in Ruhe das Leben zu genießen.

Aber der Knall soll ja bekanntlich noch kommen.

Meine Große Tochter wurde mit der Zeit sehr schwierig, sodass ich meine Familienhelfer in Kenntnis gesetzt habe, dass meine Tochter dringend Hilfe benötigt. Sie wurde stark aggressiv, dass Zimmer wurde verwahrlost, auch wenn ich die Zeit genommen habe es wieder auf Vordermann zu bringen. So kam meine Tochter zu meinen Schwiegereltern, bis sich die Situation beruhigt hat.

Da ich zwei Leute bekommen habe, ging die Frau mit mir zum Jugendamt und ich habe ehrlich berichtet, dass ich mit meiner großen Überfordert bin, es hagelte Lob da ich ja so ehrlich bin und jede Hilfe annehme. Wozu sind die auch sonst da?

So saß ich da beim Jugendamt und bat um schnelle Hilfe, er versicherte mir was Passendes zu finden, da ja auch keine KJP das Kind nehmen wollte, es wäre ja nicht mit dem Messer auf mich los gegangen. Großartiges System sag ich da nur.

Also muss in Deutschland erstmal was passieren, dass ein Kind die Hilfe bekommt, die sie braucht.

Er verblieb dabei sich bei mir zu melden, wenn er eine Lösung hat. Mittags rief er mich schon an, und erzählte er hätte eine Pflegefamilie für Sie gefunden, die ein paar Dörfer weiter war. Ich stimmte diese Maßnahme zu, was soll ich auch anderes machen? Ich hatte da noch zwei weitere Kinder im Haushalt.

So zog die große auf Unbestimmte Zeit in die Pflegefamilie, ich habe sie begleitet und wusste dann auch so, wo Sie war.

Sie hat sich auch gut erholt, und kam jedes Wochenende nach Hause zu Besuch. Nach vier Wochen kam sie auch zurück, und starteten einen Neuanfang, so dachten wir es Immerhin.

Aber warum soll auch alles so rosig sein.

So kamen wir an das Jahr 2019, die SPFH immer noch an den Backen. Die wurden immer schlimmer, meine Arbeit wurde kritisiert, wieso ich als Mutter nicht zuhause bleibe.

Meine mittlere Tochter machte weiterhin Probleme, und wurde immer auffälliger im Verhalten.
Mein Familienhelfer muss man sich so vorstellen,

verpeilt und leicht neben sich. Aber der vom Jugendamt dachte sich schon was dabei, er war ja kein Stück besser.

Somit wurde ich auch gezwungen eine Wochengruppe anzuschauen für meine Töchter, aber ich zeigte den großartigen Herrn den Vogel.

Warum sollen die gehen? Es ist doch alles Okay.

So saßen wir fast alle zwei Wochen beim Kindergarten, sie schlug, Biss weiterhin und Attackierte die Erzieherinnen. Wurde beleidigend und meinte in Dauerschleife man soll sich Ficken und der Mittelfinger war stark präsent.

Ich denke jeder der den Film Systemsprenger kennt, kann sich leicht ein Bild von meiner Tochter machen.

Kurz vor einem Termin auf dem Jugendamt, sagte der Heini zu mir, ich soll mir alles anhören und zustimmen es wäre zum Wohl der Kinder.

An dem Termin genau kann ich mich ganz wage erinnern, solange ist es schon her, aber auf dem Weg zum Auto dennoch mehr, wenn einer was Schlechtes möchte kann man es auch nicht so schnell vergessen.

„Denken Sie mal nach, Ihr Partner arbeitet den ganzen Tag, sie sind allein mit 3 Kindern, wollen Sie nicht zustimmen das alle in die Pflegefamilie gehen, damit Sie Zeit für sich haben? Um einfach zur Ruhe zu kommen?"

Wow was für Aussagen, ich habe ihn Angeguckt und gefragt, ob es sein ernst wäre, würde mein Partner Arbeitslos sein, würden die Heulen, er muss Arbeiten um Finanziell was zu schaffen, dann geht der Mann arbeiten und ist auch wieder Falsch. Aber ich weiß der Termin war Anfang April 2019.

Aber eine Frage verstehe ich niemals, warum alle auf das Lügen des Amtes aus sind.

Klar die sitzen am längeren Hebel aber deren Furz stinkt genauso wie meiner.

Zugestimmt habe ich niemals, sondern habe um einen Therapieplatz gebeten welches er ja auch schnell besorgen könnte.

So saßen wir im April 2019 bei der Ambulanz von der KJP und berichteten über die Problematiken meiner Tochter.

Es schien hoffnungslos, da ja alle der Meinung waren, es käme von mir, da ich ja auch einen an der Klatsche hätte.

Die KJP

Am 19.04.2019 wurde sie dann endlich aufgenommen, ich hatte einen Lichtblick. Es hieß meine Tochter wäre ca. 8 Wochen zur Diagnostik dort und käme nach Hause.

Auch hatte ich die ganzen Lügen kaum erwähnt am Anfang meines Buches, aber ich denke jeder der mit dem Jugendamt zutun hat weiß was ich meine.

Wir hatten striktes Stationsverbot, ich durfte Klingeln und warten mehr war nicht.

Über Therapie fortschritte wurde ich niemals unterrichtet, aber darüber wusste das Jugendamt ja bestens Bescheid. Als hätten die einen Deal zusammen, nach dem Motto, stempelt ein Kind auf Psycho ab und Ihr erhaltet eine Provision in Tausende von Euro.

Ich hatte meine Tochter jedes Wochenende zuhause, und einmal in der Woche waren wir am Nachmittag spazieren, um einfach die Zeit rum zu kriegen.

In der Zwischenzeit wurden meine Kinder in Obhut genommen, ich war Arbeiten und hätte keine Zeit für meine Kinder. Ich bekam einen Anruf das der Heini von Familienhelfer eine 8a raus gibt.
Den genauen Grund wollte er mir nicht sagen.

Aber 30 Minuten nach dem Telefonat standen die auch schon brav vor meiner Tür, bedrohten meine älteste Tochter, wenn sie die Tür nicht öffnet, dann muss die Polizei kommen und die Mama bekommt ärger, dass möchte sie doch nicht. Meine Tochter bekam Panik und wollte die Tür aufmachen, da schoben die Herrschaften schon meine Tochter zur Seite.

Als ich heim kam da ich den kleinsten zu Oma gebracht hatte, und meine Tochter mit zehn Jahren keine Lust hatte mitzugehen wollte sie zuhause auf mich warten.

Die Fotografierten meine ganze Wohnung, einen Grund hatten die keinen. Ich hatte einen bösen Wasserschaden, der meine ganze Wohnung in einem Lager verwandelt hatte. Aber es glaubte mir keiner. Ich bat um 6 Tage, dann dürfen sie wiederkommen, aber die lachten mich aus, und ich würde es niemals schaffen.

Das der eine Vogel nicht allein kam, war sein Glück, ich habe zu Ihm gesagt, wenn er allein wäre, würde er niemals meine Wohnung lebend verlassen. Und über Respekt konnte man da nicht sprechen.

Ich hatte aber nach 6 Tagen meine Kinder zurück das war das wichtigste überhaupt.

Aber wenn ich gewusst hätte, wieso die KJP so komisch war, hätte ich niemals meine Tochter dorthin gegeben. Es war eine Qual, sie lief verwahrlost rum und war blass und traurig.

5 Monate nach Beginn in der KJP stellten sie mein Kind auf MPH ein, Besserung naht, aber nicht für uns.

Sie war ein kleines Versuchskaninchen, bis die das richtige Medikament gefunden hatten.

Sie wurde auf der Schule für Kranke eingeschult, so sagte der vom Jugendamt immer, es kam immer so niederschmetternd rüber, Schule für Kranke…. Es ist wie ein Restaurant nach dem Motto „Essen für Fette"

Ich hatte mal einen Anruf bekommen, dass wir einen Termin zur Besprechung haben, in Seiten der ASD, SPFH, Sozialarbeiterin und Therapeutin. Als die vom Sozialen Dienst angefangen hat zu sagen, dass das Jugendamt dabei ist, war mir einiges klar. Ich verliere mein Kind.

Aussage immer von denen es sind die Kostenträger einer Einrichtung, soweit waren wir schon. Aber warum Kosten? Diese Frage sollte sich bald klären.

Ich saß da wie ein Stein, alle prasselten auf mich ein. Der Familienhelfer konnte nichts sagen, der nickte vor sich hin und ich dachte nur, Danke für das großartige Gespräch.

Ich durfte mir auch anhören, meiner Tochter dürfte nie wieder nach Hause. Sie kann schwerbehindert werden, wenn sie bei mir lebt. Ich weiß Kinder werden durch einen Unfall behindert, oder kommen so auf die Welt. Aber doch nicht durch die Liebe einer Mutter. Ich gebe mein Kind viel Liebe, das hat dem Jugendamt nicht gepasst.

Sie sollte in einem Heim speziell für Mädchen, Jahrelang bis zum 18 Lebensjahr, ich habe kaum was verstanden was die wollten.

Die Sozialtusse stimmte alles zu, ich muss ja eingestehen es würde Ihr helfen. Die KJP sollte helfen aber doch nicht die Fremdunterbringung.

Unser Schmierlappen vom Amt bestand auf eine Deutschlandweite Unterbringung, wo wenig wie möglich Kontakt stattfinden sollte.

Solange bleibt meine Tochter in der KJP, bis sich was gefunden hat.

Die Suche......

Die Suche nach einer Einrichtung gestaltete sich schwierig. Was für mich gut war. Umso mehr Zeit hatte ich mit meiner Tochter.

Es wurde bis Kiel über Hamburg und Niedersachsen gesucht. Keiner hatte Kapazitäten, um das Kind aufzunehmen. Irgendwann aber kam ein Herr aus Göttingen um uns Kennenzulernen. Er sah schon so komisch aus. Aber wir hörten es uns an. In der Zeit wurden die Kinder in der KJP geimpft, dass sie alle in eine Wohngruppe ziehen müssen. Meine Tochter hatte nur davon gesprochen. Man hat nichts anderes mehr gehört.

Stellen Sie sich vor, sie gehen auf einen Basar, vor Ihnen steht eine Reihe von niedlichen kleinen Tierchen, wo Sie sich entscheiden sollen, welches Sie Adoptieren wollen.

So lief es in der KJP ab, meine Tochter musste sich Vorstellen und Erzählen, warum sie in diese Einrichtung möchte. Aber sie konnte nicht sprechen. Die Therapeutin wirkte mit Blicken auf sie ein.

Als der Termin zu Ende war, musste sie umgehend auf die Station zurück. Aber der Mann konnte es nicht sagen, ob meine Tochter aufgenommen werden würde.

Also sollten wir einen Tag dahin kommen und es uns anschauen.
Als der Mann gegangen ist, stand der vom Jugendamt auf und meinte er müsste den noch abfangen und meine Tochter gut zu verkaufen, um den Platz zu bekommen.

Daher meine das Beispiel mit dem Basar, nur es waren keine Tiere, sondern Kinder, die angeboten worden sind.

Ich bin aus allen Wolken gefallen, wie kann man eine kleine Seele so zum Verkauf anbieten? Schlafen diese Menschen noch?

Wir sind an einem Tag nach Göttingen gefahren, es war ein kleines Dorf, aber war schön anzusehen. Man wurde begrüßt und das Kind durfte spielen.

Es war ein großes Haus, wo nur Mädchen leben, denen schlimmes widerfahren ist.

Aber warum meine Tochter dahin sollte habe ich auch nie verstanden.

Als man an dem Runden Tisch saß, kam man so ins Gespräch. Auch sagte das Jugendamt, es bestehe in meinem Haushalt keine Kindeswohlgefährdung. Dabei schaute er mich an und sagte es ist eine freiwillige Entscheidung meiner Seite her. Was auch nicht stimmte, denn welche Mutter stimmt den sowas freiwillig zu?

Man verblieb mit der Aussage, die melden sich.
Was die Einrichtung niemals getan hat. Aber ich
war froh darüber.

Also blieb meine Tochter weiterhin in der KJP, und
bekam einen Anruf vom Amt, der mir mitgeteilt hat,
dass die Einrichtung abgelehnt hat. Perfekt dachte
ich da nur.

Da ich auch sagte, dass ich es sowieso niemals
zugestimmt hätte meinte er ich soll es mir endlich
eingestehen, dass meine Tochter sexuell
Missbrauch wurde, und aufgrund dessen muss sie
in einer Einrichtung. Aber sie wurde es niemals.
Und er lenkte auf einen Film hin, welches sie im
Team geschaut haben.

Er sagte, dass Kind im Film ist wie meine Tochter.
Aber warum kommt man auf solche Aussagen? Ich
vergleiche doch auch keinen Diabetiker, der
unterzuckert ist auch nicht mit einem Alkoholiker.

Ich habe jeden Tag gehofft diesen Vogel mal los zu
werden.

Die Familienhilfe wurde beendet

Endlich kam der Tag, es war im August 2019. Mein Ex Mann kam zu uns, da wir einen HPG hatten für meine Große Tochter. Auch waren da die Familienhelfer und deren Chefin anwesend.

Bevor man darüber nachdenkt, weiß ich nicht, ob man da Kotzen oder Ausrasten sollte.

Ich habe mir vieles gefallen lassen, auch da ich die Kraft nicht hatte mich zu wehren. Weil alles an meinen Nerven zerrte.

Es fing halt an, dass der vom Jugendamt sagte, dass meine Tochter ja fast untergebracht ist, und die Große auch in einer Wohngruppe für Mädchen sollte, damit ich mich ja auf meine Gesundheit Konzentrieren könnte.

Da ich aber auch meinte, dass es mir ja gut gehe, wurde gleich argumentiert, wieso ich ja die Rente bekomme, aber bei Borderline kein Wunder, wenn man mit seinem Leben nicht zurechtkommt, und dann auch nicht für die Kinder da sein kann, wie die es brauchen.

Ich konnte so viel sagen, aber es glaubte mir doch sowieso keiner. Meine Kinder haben alles was sie brauchen.

Ich habe alles abgelehnt, sowie mein Ex auch, denn meine Tochter hatte hier Ihr Lebensmittelpunkt, Sport, Freunde und die Feuerwehr.

Auch auf meine bitte hin, die SPFH los zu werden, wurde es abgelehnt, denn ich nehme ja keine Termine war und lasse die Herrschaften gerne vor der Tür stehen. Da fing ich aber an zu lachen, und habe erklärt das ich ja immer zuhause bin, und ich immer nach Terminen gefragt hatte.

Dann sagte der Vogel des Amtes, dass er mich Kontrolliert, unangemeldet. Nur um zu sehen, ob ich auch wirklich sauber mache. Also Stasi war damals ein Witz dagegen. Aber wir sind die Leute losgeworden, und kontrolliert wurde ich auch niemals.

Die suche geht weiter

Wir haben eine Nachricht erhalten, dass sich eine Einrichtung gemeldet hat.

Wir bekamen einen Termin zugesagt, wann die Damen kommen. Dieser Termin fand nur zusammen mit dem Jugendamt, dem Sozialen Dienst von der KJP und mit mir statt.

Da waren die zwei Damen, die eine raspelkurze Haare, sehr flippig und die Pädagogische Leitung, verpeilt und leicht neben sich. Deren Konzept klang ganz okay.

Ich hatte auch meine Bedienungen, wie regelmäßige Telefonate und Heimfahrten, da es für meine Tochter sehr wichtig ist.

Es wurde zugestimmt. Aber wir haben zu dem Zeitpunkt an vielen Punkten nicht überlegt.

Wir fuhren zur KJP wo meine Tochter das erste Mal auf die Frauen traf. Die Zeit wurde auf dem Spielplatz verbracht, ich weiß, dass es im Dezember war. Auch wurde ausdrücklich gesagt, die Zeit in der KJP endet.

Sie wurde gefragt, was sie gerne hat, was der Weihnachtsmann ihr bringen sollte, dieser

Emotionale Moment berührt mich sehr, da ich an diese Momente viel zurückdenke.

Sie erzählte von Schleich, dass sie sich einen Tierarzt Transporter wünsche, dabei leuchteten die Augen, wo ich immer wieder tränen bekomme. Sie ist meine kleine Maus, mein ein und alles und ich wusste diese Leute nehmen mir mein Kind weg.

Es ist auch schwer, das eigene Kind gehen zu lassen. Ich habe mich viel im Internet schlau gelesen, wo auch stand, als Sorgeberichtigte Mutter brauche ich es nicht zustimmen.

Als die Hexen gegangen sind, musste ich mich auch schon verabschieden.

Die Maßnahme sollte sehr schnell beginnen. Aber ich wollte einfach nicht zustimmen, ich wollte mein Kind zuhause haben, da wo es hingehört.

Ich bekam 2 Tage später einen Anruf vom Jugendamt diesmal meine neue Sachbearbeiterin, ich dachte die würde mich verstehen.

Aber sie sagte, wenn ich diese Maßnahme nicht zustimme, dann geht alles vors Gericht, und alle Kinder sind weg. Das war ein schlag in die Magengrube, warum sagt man sowas?

Ich habe sie gefragt, um wieviel Geld es geht, damit man mir das Kind wegnimmt, da auch von der KJP so viel gelogen wurde, da wimmelte sie mich mit den Worten ab „Es tut jetzt nichts zur Sache".

Also wird mein Kind verkauft, ist doch alles Wahr, was man im sämtlichen Gruppen gelesen hat.

Aber ich wollte es niemals glauben.

Wenn die Träume hoffnungslos erscheint…

Der Einzug

Der Tag kam als sie dort Einziehen sollte, wir hatten alles eingepackt, was ihr lieb ist.

Eine Schachtel, selbstgebastelt hab, ich befüllt mit Geld, Süßigkeiten und kleine Botschaften für den Heimweh.

Als wir ankamen, saß eine junge Frau mir gegenüber, sie war neu, mir schien sie unerfahren. Sie strahlte eine liebevolle Art aus.

Die Leitung grinste sich einen weg, und war wohl mit sich selbst beschäftigt. Dieser Blick wie ein Junkie auf LSD.

Ich musste mich zusammenreißen, bevor ich der alten den passenden Text geknattert hätte. Aber man sagte mir in meiner Jugend was von Respekt.

Also wollten wir mal nicht so sein.
Ich habe einen Berg von Zetteln bekommen, die ich ja alles Unterschreiben sollte. Die Hälfte davon, habe ich abgelehnt.

Die nette Dame beruhigte mich sehr. Ich habe sie von Anfang an gemocht.

Wir haben das ganze hab und gut meiner Tochter in das große Haus getragen und mussten uns bald verabschieden. Es tat sehr weh, meine kleine dort zu lassen. Ich habe ihr versprochen, dass wir ganz bald telefonieren werden.

Die erste Zeit

Sie lebte sich gut ein, es wurden Therapie Termine vereinbart und auch beim Hausarzt, um Ihren aktuellen Gesundheitszustand zu ermitteln.

Es folgte sehr schnell ein Elterntelefonat, wo wir die Möglichkeit hatten, die Betreuer richtig kennenzulernen.

Ich mochte Ihren Namen sehr, Anna.

Sie erzählte, dass sie selbst Mutter ist, und wie süß meine Tochter ist. Auch hab, ich Ihr alles erzählt, da es eine Bindung war, die vertraut war.

Sie sagte sie versteht es nicht, warum meine Tochter dort ist und auch die Schikanen des Jugendamtes, die Lügen und das ganze Hintenrum. Dafür war nie die Zeit da es zu Erklären.

Eine Schule war sehr schwer zu finden, da keiner dieses Kind aufnehmen wollte, sie litt sehr unter dem ADHS, und keiner wollte mit ihr zu tun haben.

Irgendwann kam sie in dem Ort auf die Regelschule, aber die Erste Zeit kam sie gut zurecht.

Wir hatten dann auch schnell Weihnachten, Ihr Einzug war ja am 11.12, sie kam 2 Tage nach Hause und wir haben die Zeit einfach nur genossen.

Ich hatte auch einen Anruf von einer Betreuerin, ob wir meine Tochter Silvester zuhause haben möchten, dann wären die Betreuer mal zuhause, sowas kann ich mir ja nicht zweimal sagen lassen, wenn es um mein Kind geht.

Es waren immer schöne Tage zuhause auch immer die Zeiten, wenn es um Heimfahrten ging.

Selbst zu meinem Geburtstag bekam ich eine Karte von meiner Tochter, es war ein so schönes Geschenk, aber das schönste wäre ja, dass sie hier wäre.

Es lief alles super, dass Kind arbeitet sehr gut mit, es kam viel Lob und Anerkennung für meine Arbeit.

Auch kam der Sommer immer näher, und auch somit ihr Geburtstag.

Die ersten sechs Monate waren sehr schön und wir hatten Hoffnungen, dass die Maßnahme schnell beendet werden würde.

Aber das schlimmste soll ja immer bekanntlich zum Schluss kommen, sagt man immer.

Wir haben auch erfahren, dass ihre Mitbewohnerin auszieht, wir waren sehr traurig darüber, da sie ein großartiges Mädchen war, und wir ihr viel Glück gewünscht haben.

Der Sommer

Wochen lang, wir hatten sie die ersten zwei
Wochen nicht gesehen, da sie alle auf eine Freizeit
waren, ich habe mich sehr für meine Tochter
gefreut.

Paar Tage vor Ihrem Geburtstag kam sie dann zu
uns, Anna hat sie gebracht, leider war es ein kurzer
Besuch, da sie noch ein Kind dabei hatte was im
Auto gewartet hat. Die Ferien sind immer sechs

Also ging die Übergabe sehr schnell, aber ich hatte
immerhin meine Tochter zuhause.

In einer ruhigen Minute, erzählte meine Tochter mir,
dass sie eine neue Mitbewohnerin bekommen hat.

Sie sei zehn Jahre alt, und wäre lieb.
Wir haben echt gedacht, dass wäre perfekt ein Kind
welches vom Alter her wie Ihre Schwester ist.

Wir feierten ihren Geburtstag im Freizeitpark,
wegen Corona ist auch anderes nicht möglich. Aber
sie hatte einen wundervollen Tag.

Aber die Zeit geht so schnell vorüber. Wenn man an
die schöne Zeit sich Erinnert.

Aber man merkte es dem Kind an, wenn der
Abschied nahte, sie war nicht wieder zu erkennen.

Als ich aber einen Tag bevor sie abgeholt werden
sollte, einen Anruf bekam, ob die Betreuerin Bettina,

dass Kind mitbringen darf, habe ich zugestimmt. So lernt man auch mal die Mitbewohnerin kennen, was auch wichtig ist.

Als sie dann auch kam, brachten die Kuchen mit, dass Mädchen erzählte stolz, dass sie mitgeholfen hatte. Es war süß, wie sie sich gefreut hat. Soviel Lob kannte das Mädchen wohl nicht.

Aber das Kind hatte zwei Gesichter, traue keines von den beiden, welches grad aufgelegt ist.

Aber mein Kind wollte zuhause bleiben, warum haben wir alles sehr spät erfahren.

Die ersten Vorfälle

Die ersten Vorfälle kamen sehr schnell. Dieses Mädchen brauchte eine Marionette, ein Diener der alles für sie macht.

Meine Tochter wurde auffällig.

Auffällig in der Hinsicht auf Handgreiflichkeiten, übelste Beleidigungen und streiche.

Ein paar Streiche sind Okay, schließlich waren wir ja alle Kinder.
Als die Schule los ging, wurde es immer schlimmer im Verhalten.

Meine Maus hatte doch großartige Fortschritte gemacht, wollte doch Heim.

Aber es kam alles anders, wie man denkt.

Mein Telefon stand nicht mehr still, dauernd kamen neue Sachen ans Licht, dass sie unter anderem auch Beleidigungen gemalt hat und es der Betreuerin an die Bürotür geklebt hat, aber es war eine klare Botschaft. Wie soll sich das Kind auch anders mitteilen? Es wurde nie zugehört.

Kein Kind konnte sich mitteilen, wie es grad empfunden hat. Keiner hatte ein Ohr dafür.

Ständig beschwerten sie sich über streiche, wo ich manchmal schmunzeln musste. Bei manchen sind die Kinder auch zu weit gegangen.

Wo sie dann die Marmortreppe mit Duschgel ausgelegt haben.

Wäre da einer ausgerutscht, wäre es lebensgefährlich gewesen.

Soweit haben die Kinder nie gedacht.

Ich habe immer versucht zuhause mit ihr darüber zu sprechen, aber sie wüsste nie, warum sie es mit gemacht hat.

Eine Antwort, wo viele Fragen offenbleiben.

Aber man sagte mir, dass sie viel unter den Einfluss des anderen Mädchens stand. Auch waren immer die Hausaufgaben ein Thema.

Wo auch die Einrichtung darauf achten muss, dass diese laufen, aber es war denen Egal, Hauptsache das ganze Geld kam rein.

Anna war immer sehr dran, dass die Kinder Hausaufgaben machten, es war ja auch Ihre Aufgabe.

Aber warum es den meisten nie interessiert hat, werden wir bis heute nicht erfahren.

Misshandlungen

Es kam leider immer wieder vor, dass meine Tochter mit extremem blauem Flecken nach Hause kam.

Am schlimmsten waren die Flecken am Oberarm oder am Oberschenkel. Ich habe sie immer gefragt, woher diese kommen, sie sagte immer das wüsste sie nicht. Auch das Verhalten war immer seltsamer. Kaum fröhlich, mehr in sich gekehrt und nachdenklich.

Wir haben es immer gemeldet, dass sie aktuell blaue Flecken hat. Nur will niemand was gesehen haben.

Aber solche Misshandlungen kann man nicht übersehen, aber es seien ja Kinder und ich weiß ja wie tollpatschig meine Tochter ist.

Warum war ich so leichtgläubig, ich kann es nie verstehen, wie blau äugig ich doch war.

Warum ich alles Lügen der Welt geglaubt habe, aber ich hatte die Rückführung im Kopf.

Anna erzählte mir meistens, wie es richtig abgelaufen war, auch das das andere Mädchen aus dem nichts, dass Kind verprügelt oder ins Gesicht schlägt. Aber das Mädchen konnte perfekt lügen, dass sie niemals was gemacht hat.

Interne Informationen bestätigten genau das Verhalten dieses Kindes.

Es geht zu weit

Es kam von Anna ein Anruf, es war Oktober 2020 rum, Man hat versucht meine Tochter zu vergiften.

Wie zur Hölle kann es passieren, ich war außer mir vor Wut. Die Küche war zugänglich da hat das Mädchen alles Mittel zum Putzen und Reinigen zusammengemischt und zu meiner Tochter gesagt, wenn sie es trinkt dann braucht sie nicht in die Schule.

Anna war gleich hinterher, und meldete es der Leitung. Da das Mädchen nur am Lügen war, aber meine Tochter fest bei der Wahrheit blieb, wurde meiner Tochter geglaubt. Welch ein Segen.

Es folgte ein langes Telefonat mit der Leitung, was Anna im Hintergrund mitgehört hat, auch allein um die Reaktionen mitzubekommen.

Es wurde ein Schutzkonzept erstellt, wo die Leitung in einer starken Überzeugung war, es wäre machbar.

Unter anderen, sollten die Mädchen nicht mehr unbeaufsichtigt sein, das heißt insgeheim ist bei einer Übergabe die Tür auf und die Küche ist verschlossen und wird nur geöffnet, um dort die Mahlzeiten einzunehmen.

Auch werden alle Schlüssel aus den Türen entfernt, dass keine Chance gibt, dass man sich einschließen kann.

Ich habe es mir alles angehört aber dennoch gefragt, was wäre, wenn es scheitert? Was passiert dann?

Aber sie war sich so sicher, dass es nicht scheitern wird. Sondern eine gute Lösung wäre. Ich habe oft gefragt was wäre denn dann? Was ist, wenn wieder was passiert? Aber sie setzte Ihren Fokus auf das andere Kind von meiner Tochter wurde nicht gesprochen. Das ganze Gespräch dauerte fast zwei Stunden. Wo es nur um das andere Kind ging. Ich wurde schon langsam aggressiv, da ich mich missverstanden fühlte und hoffte das meine Sachbearbeiterin vom Jugendamt was erfahren wird.

Anna hat sie Gott sei Dank telefonisch erreicht und den Fall geschildert. Auch meinte man, wenn ich als Mama mein Kind zuhause haben möchte, dann wäre es nachvollziehbar, denn ein triftiges Argument würde das Jugendamt bald keine mehr haben.

Ich habe Hoffnung gehabt sie doch bald zuhause zu haben, habe auch angeboten im Falle eines Lockdowns sie zuhause zu Unterrichten alles. Aber das Amt kann ja nur einen Honig ums Maul schmieren, aber zustimmen wollen die nicht.

Wenn man auf das Mütterliche Bauchgefühl hört, weiß man, ob was gut geht oder nicht. Aber warum soll es gut gehen, wenn die Kinder klau Mafia mir mein Kind geraubt haben. Wo ich seit 2016 gekämpft habe, aber immer wieder verloren habe, durch die Lügen.

Es war hoffnungslos, auch war Anna bei den ganzen Team Sitzungen dabei, bis auf einer, wo es um die Rückführung ging. Wo noch alles großartig gelaufen ist, war plötzlich alles schlecht und mies. Ich wurde schlecht hingestellt. Man sagte mir ein fehlender Esstisch ist nicht gut für ein Familienleben.

Es ging um einen verdammten Esstisch, ich fragte mich allen Ernstes, wo ich den in meiner kleinen Wohnung stellen sollte.

Auf jeden Fall sehen alle von einer Rückführung ab, und man soll dieses Thema nochmal in ein paar Jahren ansprechen. Diese Therapeutin, die ich nie kennengelernt habe, war der Meinung, zwei Jahre sind perfekt.

Zwei lange Jahre, um alles zu festigen was das Kind gelernt hat.

Aber was hat sie gelernt? Ein Mädchen hörig zu sein? Eine Marionette spielen für gemeine Machenschaften? Ein ausspielen von Geschwistern daheim?

Aber später sagte Anna mir, dass die Leitung ihr sagte, dass das Kind bleiben muss wegen dem Geld. Aber Anna sagte, sie muss nachhause, hier ist sie Falsch.

Anna war überzeugend, ich habe alles erfahren, was dort Thema war.

Die Leitung sagte, sie hätte recht, aber sie müssen dann schnell ein neues Kind finden damit das Geld weiterläuft.

Ich habe zudem auch viele Internen Informationen bekommen über das andere Mädchen, warum sie überhaupt da ist, und ich habe echt schlucken müssen.

Anna sagte auch das es aus Datenschutzgründen geheim bleiben muss, das habe ich verstanden.

Zwischen Anna und mir entwickelte sich eine enge Freundschaft, die auch verboten ist zwischen Betreuerin und Mutter.

Es kamen noch Kleinigkeiten über das Verhalten aus der schule, aber es war nichts schwer Wiegendes.

Der Dezember der alles veränderte

Ich habe von Bettina die Möglichkeit bekommen, in der zugehörigen Eltern Wohnung zu Übernachten und mit meinem Kind dort die Zeit zu verbringen. Es klang in der Regel Perfekt, und ich konnte von Anna meinen Welpen mitnehmen.

Es war genau das Nikolaus Wochenende.

Es war für uns wichtig mit meiner Tochter Nikolaus zu feiern, da sie das Wochenende nicht zuhause war.

Aber was soll ich sagen, wir haben das Kind an einem Samstag abgeholt und sind mit zur Elternwohnung. Die Betreuerin Lena zeigte uns alles und ging dann letztendlich wieder.

Meine Tochter war im Verhalten sehr komisch, alles war doof und hatte zu nichts Lust. Keine Begeisterung war zu erleben.

Ich habe sie gefragt, ob alles okay wäre, aber sie sagte die ganze Zeit es wäre alles gut und ich soll nicht dauernd fragen.

Wir sind dann zu meiner Freundin gefahren, um ihr eine Kommode zu bringen, die wir versprochen haben.

Dort sagte sie, dass Anna krank ist und an dem Samstag nicht mehr arbeiten kann. Ich habe gedacht, wie man es mit dem Welpen macht, und habe überlegt, den kleinen Hund zuerst zu holen.

Meine Freundin sagte sie geht mit meiner Tochter in einem Spielzeugladen solange. Wir waren einverstanden solange meine Tochter es auch war.

Als man sich später traf war meine Tochter so verliebt in den kleinen Hund, wo ich dachte, vielleicht wäre es für sie aufmunternd von der schlechten Laune.

Wir haben in der Wohnung gekocht und hatten die Auflage bekommen, dass Kind um 19 Uhr in die Vertretungswohnung zu bringen.

Übernachten durfte sie bei uns nicht, weil die Leitung es verboten hat.

Ich habe sie um 19 Uhr dorthin gefahren, und habe mich schon erschrocken das das andere Mädchen auch dort war, obwohl sie woanders schlafen sollte. Aber so wurde man getäuscht.

Aber am nächsten Morgen holte ich sie ab, aber da war sie noch komischer als vorher, aber sie wollte nicht reden.

Wo wir in der Wohnung angekommen waren, habe ich das Frühstück vorbereitet und das Kind durfte die Geschenke vom Nikolaus auspacken.

Sie war den Moment Glücklich, das Glänzen in den Augen beruhigte mich sehr.

Den Tag verbrachten wir mit spiele und waren mit beiden Hunden spazieren.

Der Abschied nahte, wenn man auf die Uhr geschaut hat.

Aber wir wussten in einer Woche sehen wir uns wieder.

In der Zwischenzeit habe ich mich mit einer Freundin versöhnt, die zu meiner Tochter eine ganz besondere Bindung hatte.

Um 17 Uhr auf einen Freitag wurde sie von Bettina gebracht, das andere Mädchen grinste schadenfroh und schwieg.

Als sie weg waren, wollte meine Freundin von Ihr wissen, wie es ihr geht und das alles gut wird.

Sie wurde massiv angefahren sie hätte meine Tochter nicht anzufassen, wir hatten keine Umarmungen nichts. Es war sehr kalt das Verhalten und ich habe gedacht das ich was falsch gemacht habe.

Wir haben das Wochenende Plätzchen gebacken und Hausaufgaben gemacht, aber da ist mir aufgefallen, dass meine Tochter einen zwei Euro großen blauen Fleck am Oberschenkel hatte, ich war schockiert und mein Kind hat geschwiegen.

Aber es war was passiert, was ich als Mutter nicht wissen sollte.

Ein Vorwurf der alles veränderte

Ich habe an einem Morgen von der Leitung einen Anruf bekommen. Ich hatte ihn verpasst, und auch versucht zurückzurufen.

Wenn es die Leitung ist, muss was Schlimmes passiert sein.

Sie meinte gleich am Anfang, es wäre nichts Schlimmes, aber man sollte darüber sprechen.

Sie berichtete über ein sexualisiertes Verhalten, welches sie an dem Tag gelegt hätte.

Jetzt im Ernst was ist daran nicht schlimm? Ich hatte einen erneuten schlag in die Magengrube erhalten, mein Hals füllte sich mit Steinen ich konnte kaum schlucken.

Ich habe kaum sprechen können und habe mir alles angehört, auch das zuhause einiges geguckt wird, was für Kinder nicht geeignet ist.

Nachdem sie aber einen Anruf tätigen musste, habe ich mit meiner Großen Tochter gesprochen, ich habe ganz sachlich gefragt, ob meine kleine Ihr was erzählt hat, was ich nicht wissen dürfte.

Sie wurde blass und erzählte mir von Erpressungen, die dort stattgefunden haben.

Würde meine Tochter nicht mit machen, dürfte sie kein Haustier anfassen, da die Mitbewohnerin eine Katze in der Einrichtung hat.

Diese Informationen gab ich der Leitung weiter, die mich ja gleich als verrückt hinstellt und versuchte es abzustreiten. Aber warum?

Soll sie doch meine große fragen, aber wieso auch immer wollte sie dieses nicht.

Ich habe Anna angerufen, um mit ihr zu sprechen. Da sagte sie mir, dass das Mädchen genau aus denselben Handlungen aus einer Einrichtung geflogen ist.

Da wussten wir, da stimmt was nicht.

Am nächsten Tag rief mich die Lena an, fragte mich, ob ich es ihr nochmal schildern kann.

Sie meinte nur noch, rufe die Kripo an, es muss gemeldet werden. Ich suchte die Telefonnummer raus und rief dort an und wurde an einer netten Dame weitergeleitet.

Sie sagte sie nehmen den Fall auf und ich sollte einen Ausführlichen Bericht schreiben, auch mit den

Vergiftungsversuchen und alles andere drinnen vermerken.

Ich habe gedacht warum sollte man mir glauben, aber Anna stärkte mich in dem Vorhaben sehr.

Auch sagte sie mir was ich alles reinschreiben soll, und soll gewisse Punkte nicht auslassen.

Zwei Tage vor der Heimfahrt zu Weihnachten dann so einen stress, aber ich war im recht und ich musste es beweisen.

Die Kripo telefonierte lange mit der Leitung, und berichtete mir, dass alle wichtigen Personen anwesend sind.

Auch die Heimaufsicht und die Therapeutin der Kinder, sind bei dem Gespräch dabei.

Aber wieso sagte mein Gefühl, dass da was nicht stimmt?

Am Abend rief Lena mich an, berichtete das die Kinder alles zugegeben haben und es dem anderen Mädchen peinlich war.

Ich dachte endlich hat es ein Ende. Auch erfuhr ich das keiner anwesend war, außer die Leitung selbst und die Betreuer.

Aber auch Anna hat von Lena erfahren, dass alles geklärt ist.

 Wir dachten es ist vorbei.

Aber Lena rief nochmal an und meinte es wäre nicht
so gewesen, man hat alles falsch verstanden,
warum sollen wir jetzt alle Mundtot gemacht
werden? Warum verdreht man jetzt alles?

Aber an einem Freitagabend rief die Leitung an und
erzählte das meine Tochter an allem schuld ist, und
in der Wohngruppe nichts passiert ist.

Aber wie stehe ich dann da? Ich sollte die Kinder
trennen, die dürfen nur zusammen in einem Raum
sein, wenn sie essen sollen, sonst ist
Kontaktsperre. Und ich darf mein Kind am nächsten
Tag holen, aber nur unter diese Auflagen.

Ich habe sie normal abgeholt, urplötzlich hatte
meine Tochter eine Blasenentzündung, die nicht
Ärztlich abgeklärt wurde.
Genau fragte mich das Mädchen, ob meine Große
jetzt weg sei, mir kam alles komisch vor, aber meine
Tochter wollte fliehen, fliehen vor allem.

Fliehen vor dem Bösen. Aber ich hatte meinen Plan.
Anna war involviert, ich brauchte sehr ihre Hilfe, um
alles durchzuziehen.

Aber meine Tochter spürte das sich was
veränderte, sie suchte wieder meine Nähe und
wollte mich nicht allein lassen.

Wir haben schöne Weihnachten gefeiert, sie war
glücklich und hat sich unterm Baum gewünscht
zuhause zu bleiben.

Wenn ich jetzt sage, dass Wünsche in Erfüllung gehen, würde man mich für verrückt erklären.
So ähnlich wie bei Cinderella, weinend saß sie da, und es kam eine Fee, und diese Fee gab es bei uns auch.

Dokumentationen und Aussagen

Wir haben die ganzen zwei Wochen alles Dokumentiert. Verhaltensberichte und aktuelle Berichte wie sie sich zuhause macht.

Anna wusste über alles Bescheid, denn wir haben gemeinsam gekämpft.

Ich wusste das meine Frau vom Jugendamt am 4.1 wieder im Büro ist, und habe alles am Tag davor hingeschickt, auch einen schreiben für einen Anwalt.

Den grad jetzt braucht man einen Rechtsbeistand der einen Unterstützen kann.

Ich telefonierte lange mit dem Jugendamt, auch sagte ich nochmal das der Schutzkonzept gescheitert ist, auch dass bei Übergabe die Türen zu sind, und die Kinder machen was sie wollen.

Wo ist denn da der Schutz gegeben? Ich bestand darauf das meine Tochter zuhause bleibt, bis es sich aufgeklärt hat.

Sie stimmte diesen zu.

Auch schickte ich ihr ein Gesprächsprotokoll, indem meine Tochter den Vorfall des sexuellen Missbrauchs bis ins kleine Detail beschreibt.

Wir haben Audio Dateien, die alles belegen können. Genauso einen Schriftverkehr, der aber in meinem Archiv schlummert, falls man nochmal was braucht.

Erneute Polizeiliche Aussage

Meine Tochter bat mich am 18.01.2021 um einen Termin bei der Polizei.
Da sie sagte, sie müsste alles Erzählen.

Ich bin mit Ihr vor dem HPG Termin zur Polizei gegangen.
Habe alle Dokumente gesammelt und auch Anna schrieb mir, dass es neue Vorfälle gab. So neu waren sie nicht.

Aber sie berichtete mir, dass eine Betreuerin den Kindern Handgreiflich wird, auch dass sie das andere Mädchen auf einer harten Art und weise weh getan hat. Wie kann sowas sein? Die Leitung sagte immer zu den Betreuern, wenn die keinen anderen Ausweg finden, dürfen sie so handeln.

Wie kann man sowas erlauben? Man soll den Kindern einen Schutz bieten, denn schließlich kommen dort Kinder denen sehr schlimmes widerfahren ist.

So saßen wir dann in dem warte Bereich, wir wurden alle sichtlich nervös, selbst Anna schrieb mir in dauerschleife, wie weit wir sind und was rauskam, und ob dem Kind Glauben geschenkt wird.

Zuerst kam eine junge Frau zu uns, erklärte uns das es schwer ist den richtigen Sachbearbeiter für den Fall zu finden.

Denn es sei auch ein schwieriges Thema auch allein für das Kind, denn da bräuchte man Geschultes Personal.

Das ist verständlich, aber sie nahm meinen Ausweis mit und las den Bericht, den ich extra für das Jugendamt geschrieben hatte, so hatten sie einen kleinen Einblick, was auf denen zu kam.

Einige Zeit später kam eine ältere Frau auf uns zu und bat uns mitzukommen.

Wir folgten und sie sagte es wird eine Anhörung über Video geben, dass machte den Kindern leichter, über alles zu sprechen, ohne die Kinder zu oft zu befragen.

Sie zeigte meine Tochter den Raum, und sagte auch dass die junge Frau später mit ihr dort spreche und das auch spielerisch, damit es für das Kind leichter ist.

Ich als Mutter, ging mit Ihr in den Raum gegenüber, wenn was ist, dass mein Kind gleich zu mir kann.

Die Vernehmung meiner Tochter begann und auch ich wurde verhört über Tonband, so ging es schneller, als wenn sie alles eintippen musste.

Ich fragte auch ob wir es in der Stunde alles schaffen da wir um zwölf Uhr den Termin haben mit dem Jugendamt und der Leitung.

Sie rief auch meine Sachbearbeiterin an, und erklärte Ihr, dass meine Tochter ja aussagen möchte, und wir uns beeilen, um schneller fertig zu sein, aber auch eine Verspätung zufolge haben könnte.

Anna wurde immer nervöser, sie schrieb mir was ich alles nicht vergessen sollte zu erwähnen denn es sei ja alles wichtig.

Ich hörte am Telefon wie meine Sachbearbeiterin sagte, wir wären ja schon an einem anderen Standort gewesen und aber es wäre Okay, auch war sie dann beruhigt, da die Kripo Ihr danach berichten wollte.

Ich begann mit meiner Aussage, ich legte alles offen auch, dass Lena mich versuchte Mundtot zu machen, da ich ja alles vergessen sollte was sie jemals sagte, und es sei eine Kindliche Fantasie und ich muss es so hinnehmen. Auch spielte ich einige Audios ab.

Auch wo meine Tochter es selbst bestätigte was dort passiert war.

Aus einem Gedächtnisprotokoll gebe ich es auch hier offen.

Gesprächsprotokoll

Auslöser war der Gedanke, am 04.01.2021 zurück nach Buxtehude zu müssen.

Sie tickte förmlich aus und schrie das sie nicht zurück möchte.

Auf meine Frage hin, es mir mittzuteilen, damit ich ihr helfen kann, meinte sie warum.

Aber dann erzählte sie folgendes:

„Bella (Kind in Einrichtung) hat sich mit einer Zahnbürste den Rücken gekratzt und wollte mich auch damit Kratzen, mit einer benutzten Zahnbürste. Dann hat Bella mir auf den Popo gehauen und das wollte ich gar nicht haben. Sie hat mir auch mal den Finger umgeknickt und was von mir geklaut."

Melli (meine Tochter) erzählt von Schleichpferden, welches Bella doppelt hat unbedingt behalten wollte. Und das Puzzle von der Weihnachtsfeier, welches sie bekommen hat, von Frozen2.

„Und sie hat noch mit mir Se*** gemacht eher gesagt, Mu*** ablecken und was anderes Ablecken, Brust kneten, sie hat mich so provoziert, wenn du meine Mu*** ableckst kriegst du mein Rocky (die Katze), wenn du meine Brust knetest kriegst du mein Rocky und das war Erpressung und sie hat mich so gezwungen und das wollte ich nicht, deshalb möchte ich daraus aus dieser Wohngruppe in Buxtehude "

Das war meine Aussage.

Auch berichtete sie, dass es ein Geheimnis wäre, und es Ärger gibt, wenn das die Betreuer rausbekommen.

Nena (meine älteste Tochter) berichtete noch vom Einschließen auf dem Klo, und Melli erzählte noch wie Bella sagte das man mit der Zunge am Popo *lecken kann. Melli bestätigt diese auf Gegenseitigkeit, um die Katze Rocky streicheln zu dürfen.*

Ich war fassungslos, und fing auch bei der Kripo wieder weinen an, es war abartig das anzuhören.

Geplagt von Bauchschmerzen und Übelkeit. Die Beamtin versuchte mich zu beruhigen, aber hat es auch verstanden, dass es für mich als Mutter sehr schwer ist.

Als wir zum Ende kamen, habe ich meinen Freund geschrieben, dass wir gleich fertig sind, und auch das Jugendamt Bescheid weiß, das wir später kommen, denn er wurde sichtlich nervös.

Als ich auch wusste, dass meine Tochter mit Ihrer Vernehmung durch war, fragte ich, ob ich es Erfahren dürfte, was sie gesagt hat, oder ob ich es nicht erfahren dürfte. Sie holte die junge Kollegin hinzu und sie berichtete mir, dass meine Tochter die Sexuellen Misshandlungen erzählt hat, und auch wie die Betreuerin Bettina, ihr Körperlich weh getan hat. So kamen mir alles wieder hoch und wusste jetzt woher mein Kind immer diese Unerklärlichen Blauen flecken hatte.

Aber wann wäre mit dem ganzen Mist Schluss?

Wir wissen es leider nicht.

Das HPG

Wir kamen mit knappe fünfzehn Minuten
Verspätung an dem vereinbarten Ort an. Meine
Schwiegermutter hat schon auf uns gewartet und
sagte schon, dass die Herrschaften schon nach
oben gegangen sind. Auf dem Weg dahin rief mich
das Jugendamt an und fragte, wie weit wir sind, da
ich sagte das wir gleich da wären, sagte sie, sie
käme jetzt und wäre dann bald da.

Ich erzählte meine Schwiegermutter, wo wir waren.
Da es der Wunsch meiner Tochter war.

Dann kam meine Sachbearbeiterin um die ecke und
wir gingen alle zusammen hoch.

In dem großen raum saß dann die Leitung, Bettina,
ein Praktikant des Jugendamtes und dann wir.

Es war wie im Fernsehen, es fehlte nur ein Kamera
Team.

Den möglichen HPG Bericht wurde nicht
vorgelesen, da ich gleich angefangen habe zu
sprechen.

Auch was der Leitung einfallen würde, die Kripo zu belügen alles. Sie sprach sich raus, die hätten alles Falsch verstanden. Genau, bei dem Laden versteht jeder neutrale Mensch was falsch, dass habe ich auch ganz offen gesagt.

Wir durften uns ansehen, wie die Leitung zwei lange Stunden sich Ihre Lügen gefeiert hat.

Auch habe ich die Verwahrlosung meiner Tochter angesprochen, kaputte löchrige Schuhe, ein Federmäppchen was kein Inhalt hatte zum ordentlichen Arbeiten, aber ich wurde in den Hinsichten ignoriert.

Keine Einzige Frage wurde klar beantwortet, es kam nur ein Stottern und Zögern und Blicke an Bettina, dass sie sich nicht versprechen sollte.

Man dachte an Hollywood, über einen schlechten Film, der eine sinnlose Handlung gehabt hätte.

Aber es war die Realität.

Es kam sogar eine Idee, meine Tochter ins Esszimmer ziehen zu lassen, was direkt neben den Betreuer Büro liegt, benötige sie Kleidung wird diese von den Betreuern aus dem Schrank geholt und es ihr Übergeben. Ich habe gedacht ich höre nicht richtig, dann kann ich meine Kinder auch in den Keller ziehen lassen, wäre fast dasselbe.

Irgendwann wurde ich laut, ich konnte es nicht mehr hören, soviel Lügen und Intrigen, die gegen mich stellten. Das Maß ist voll, aber gewaltig.

Auch meinte das Jugendamt, was wäre denn, wenn mein Kind im alten Muster zurückfällt und dann wieder wegmüsste, ich habe sie angeschaut und gefragt, ob die meine Akte kennt, da sie der Meinung ist zu kennen, habe ich auch gesagt, dann wüsste was die SPFH mit mir gemacht haben.

Auch versucht haben mir alle Kinder zu nehmen, obwohl kein Grund vorliegt.

Das wurde ihr Zuviel und hat auch prompt das Gespräch beendet, auch mit der Auflage, dass die Leitung alle berichte binnen eineinhalb Wochen zu beschaffen hätte, um eine Lösung im verbleib meiner Tochter zu bekommen. Solange bleibt sie bei mir.

Das Ende…..

Am nächsten tag bekam ich einen Anruf vom Jugendamt, wie ich mich nach dem Termin gefühlt habe.

Ich konnte es nicht beschreiben, es war Zuviel Gefühlschaos.

Ich konnte sie fragen, ob die Kripo sich gemeldet hat, da sie mir davon berichtete, war sie sehr schockiert, auch das der Schutz nicht mehr gegeben ist.

Auch sprudelte alles aus mir heraus, dass Anna mir in allen punkten geholfen hat, sie auch durch Ihre zwei Seiten einiges auf dem Spiel gesetzt hat. Und, dass es der Leitung nur um das Geld ginge und habe alles erwähnt. Was mir in den Sinn kam.

Das Jugendamt, so berichtete sie mir, haben sich im Team besprochen und sind mit dem Entschluss gekommen, auch wenn das andere Kind auszieht, wäre der Schutz nicht gegeben.

Allein auch durch die Gewalteinwirkungen durch die Betreuerin.

Ich fragte was sie meint, und sie sagte mir, was
heute noch wie in einem Traum vorkommt, dass die
die Maßnahme zu sofort beenden.

Auch wollen sie das Hinhalten und die Lügen der
Leitung nicht mehr ertragen, da Zuviel gelogen
wurde, was dem Schutz meines Kindes angeht.

Sie fragte mich wie ich zu deren Entscheidung
stehe.
Ich stimmte den zu, auch im Namen meines Ex
Mannes.

Wir haben gewonnen, heute noch sehr
unbegreiflich, aber wir haben gewonnen.

Nachtrag…

Auch wir haben niemals geglaubt, dass System Jugendamt zu verstehen, bis wir alle die Erfahrungen selbst gemacht haben.

Gebt Niemals auf, auch für Eure Kinder, Kämpft und dokumentiert alles. Jedes kleine Haar muss dokumentiert werden, auch um alles in der Hand zu haben. Ich habe immer mit dem Jugendamt zusammengespielt.

Aber am ende konnte ich alle Karten auf dem Tisch legen und habe den Kampf gewonnen.

Danke möchte ich sagen…

An Julia, ohne dich wäre es nie zu Stande
gekommen. Ohne deine Hilfe, wären wir niemals so
weit gekommen. Du hast uns immer wieder
aufgefangen, wenn wir dachten es gibt kein Licht
mehr. Wir danken dir für alles, auch für die Intensive
Freundschaft die uns seid dem ersten tag verbindet.
Ich habe dich lieb.

An Matreen, auch wir danken dir, dass du so viel
zugehört hast, uns so viel rat gegeben hast.

Auch an die langen Telefonate mit deiner Frau, wo
du nie aufgehört hast an uns zu glauben….

An meiner Familie,

Danke für eure Hilfe und Unterstützung, um alles
auf die Beine zu stellen. Auch für euer Zuspruch,
dass wir niemals das Gefühl hatten allein zu sein.

9 783753 404295